사
계

사
계

순간의 찰나를 담아 채운 여백

공희곤 지음

좋은땅

목차

봄

설렘의 미학 봄이라 칭한다

여름

뜨겁기만 하면 타 들어가 결국 재만 남기니
그래서 내리는 것이지. 비가

가을

지침에 무너지지 않기 위한 위안
호흡. 괜찮기 위한 작은 쉼이다

겨울

나빴던 것은 타이밍이 아니다
수많이 머뭇거렸던 나의 망설임이다

봄

설렘의 미학 봄이라 칭한다

입춘(立春)

봄이 온다는 신호에 미약하게 흔들리는 마음이다

매일 걷던 거리에 노랗게 물든 개나리와
무심코 바라본 나무에 맺은 하얀 꽃망울이
서늘하기만 했던 감정을 따뜻하게 만든다

봄이란 계절에 소소하게 밝아진 마음과
세심하게 설레는 호들갑 같은 두근거림
부드러운 햇살까지

모두 내게 봄이다

청명(淸明)

당신은 늘 피어있는 꽃과 같으니
그저 항상 어여쁘게 살아가소서

외로운 계절 없이 항시 내 마음속 일렁이는 그대가
단순한 파도에 울렁이지 않길 바라기에

어지러워 복잡한 감정에 멈추지 않길 바라기에
부어오른 마음 잔잔해지도록 평온히 안아줄게요

나의 마음속에 온전히 품은 사랑이란 감정이
그대의 시간 속에서 항상 어여쁘게 살아가길 바라요

꽃이 피고 지는 모습 모두 사랑이란 단어를 닮아
그대의 삶 안에서 늘 피어있는 꽃과 같길 바라요

바람

매월 말일
그대에게 꽃을 선물한다
한 달이라는 시간 동안 아무리 예쁘게 피어있고 싶은 꽃
이라도
시간이라는 굴레에서는 어찌할 방도가 없으니
나는 그대에게 매월 새로운 좋음을 선물한다

비켜갈 수 없는 아픔과 슬픔이 찾아오면
그러한 꽃들을 바라보며 안정을 찾을 수 있도록

힘듦이 반복되어 지쳐가는 그대가
그대를 매우 닮은 꽃이 점점 시들어가는 모습에
괜스레 슬퍼하지 말고
매월 새로운 행복을 기대하며
가볍게 미소 지으며 말일을 기다리라고

그대를 찾아왔다 흘러가는 아픔을 위해
그대의 기대 가득한 앞으로의 시간을 위해

그대의 좋음을 정의하고
정해진 행복을 선물한다

불안하지 않은 약점

너를 생각하는 마음이
너를 좋아하는 이 마음이 약점이 되었다

잘 흔들리고
잘 무너지고
잘 슬퍼하면서

잘 설레하고
잘 떨려하며
잘 변화하는
내 감정에 큰 약점이 되었다

위험한 감정인 것을 알면서도
나는 오늘도 너에게
내 좋음을 전한다

바람 2

너에 대한 좋음이란 나의 감정이
네가 받아들이기에도 좋음이기를 바란다

특별함으로 시작한 우리의 인연이
익숙함으로 좋아지기를 바라고
익숙한 설렘이 포근함으로 이어지기를 바란다
이러한 나의 바람이 너에게 부담으로 다가온다면
그 무거운 짐은 나 혼자 들고 갈 테니
너는 좋음만을 느끼길 바란다

영원이라는 말을 믿지 않지만
너와 함께하는 시간만큼은 영원하길 바란다
오랜 시간 네가 내 마음에 머물고 있으니
나의 꽃인 네가 항시 예쁘게
또 영원히 피어있길 바란다

감정을 유영하다

내 삶에 네가 있어서 좋아
좋음을 느끼고 즐거움을 만드는 너와의 시간이
전혀 아쉽지 않아
하루의 처음과 하루의 끝,
아주 긴 시간 동안 너와 함께하는 시간을 기대하며
어떤 말을 전해줄지, 어떤 감정을 전해줄지 고민해

행복과 좋음 그 사이에서 너와 함께 만드는 모든 감정과
너에게 느끼는 솔직한 감정을
온전히 너에게 알려주고 싶어

나의 푸른 감정 속 유난히 잘 보이는 감정이
슬픔을 이겨내고 더욱 예쁜 좋음이 되었다고
너로 인해 나 또한 좋음이 되었다고
나를 이렇게 만든 건 너고

너는 그런 대단한 사람이라고

나도 너를 그렇게 만들어줄게
너의 좋지 않은 기분에 좋음을 선물하여
행복에 가까워질 수 있도록
가까워진 행복에
항상 웃음이 가득하도록

함께 예쁜 감정을 만들어 유영하자

그대란 봄

부드러운 햇살이 마치 봄과 같다
오들하게 떠는 추위를 따스하게 안아주는 햇살에
지금의 계절을 망각한다

나를 감싸는 작은 빛
나의 테두리에 쌓인 감정을 녹여
명확하지 않은 상태를 만든다

누구에게도 보여주지 못했던 마음과
누구에게도 보여주기 싫었던 슬픔을
여리게 만드는 존재로 인해
나는 덧없이 흔들리고 애절하게 슬픔을 토해낸다

처연한 마음을 지닌 나를 여명 가득하게 품어주는 그대
그대의 존재는 나에게 그저 봄이다

봄은 아직 오지 않았다

짧아지는 밤에 붉은 하늘이 칠해져도
바삐 오가는 바람 속에
따뜻한 햇살이 자연스레 스며들어도
가지만 앙상히 남아있던 나무에 작은 꽃봉오리가 맺어도
벚꽃이 만개하기 전까지 그 아무도 봄이라 하지 않는다

햇살을 따뜻하게, 꽃봉오리가 귀애하게
그렇게 세상이 봄이 왔다고 얘기하지만
벚꽃을 마주하여 설레하기 전까지
우리에게 아직 봄이 오지 않은 것이다

봄은 항상 조용히 피어나지 않는다
나의 작은 심장에 귀 기울이지 않아도
순간 만개한 벚꽃을 바라볼 때
우리의 심장은 정처 없이 요동친다

표현

내게 너는 거창한 무지개와 같다
울적한 하늘이 눈물로 지새울 때
정해진 답을 내어 놓듯 포근하게 안아주었다

다채로운 무지개가 눈가를 밝히며 전하는 사랑이란 언어
그러한 다정함에 피는 꽃
나에게 가장 아름다운 기억으로 남았다

가장 아름다운 기억을 보내준 그대에게
나 또한 가장 아름다운 기억을 줄 수 있다면

그 기억을 품는 그대가 아름다워서
그 기억을 읽고 미소 짓는 그대가 보고 싶어서
나는 매일 그대에게 사랑을 얘기하며
내가 사랑한 기억을 써 내려갈 것이다

사랑

사랑은 대체 무엇이길래
설렘을 따라 구름 마냥 두둥실 떠다니게 만드나요

나는 흰 세상만이 익숙했거늘
분홍 물이 든 세상이 내 눈에 비추니
모르던 꿈이 생겨나요

내가 바라보는 사람
영원하길 바라는 하나의 꽃
마냥 아름답지 않겠지만
바람에 흩날리며 떨어지는 꽃잎조차
그저 사랑으로 바라볼게요

사랑 2

누군가 내게 사랑이 무엇이라 물을 때
나는 자연스레 그대의 미소를 떠올린다
예쁨에 들추는 마음에 거짓 없는 사랑을 표현하고
서로의 다른 모습에서 미세하게 닮은 점을 사랑하며
여울에서 흐르는 거센 물살과 같이 감정을 표현한다

사랑
매우 추상적이면서 직관적인 감정

나는 그대를 사랑이라 부른다
매우 추상적으로 표현하며
직관적으로 마음을 준다

삶

비슷한 영혼이 모여
서로를 위로하고 안아주어
그리도 흔한 아픔과
슬픔 없이 살아가기를

그렇게 사랑하기를

확신

애정이 없던 나의 세상에
찬란하게 빛나는 네가 찾아와
머물며 남기는 흔적을 사랑한다

이유 모를 좌절감에서 허우적대는 나를 꺼내어
다정하게 만들어 준 너의 노력과
그러한 노력이 별거 아니라는 듯
슬픔 없이 짓는 미소에 나는 다신 없을 설렘을 느낀다

사랑이다
너를 사랑하기에 작은 무엇 하나에 좋아하고
기뻐하며 웃고
또 안절부절못하다가도 아쉬워하고 울기도 한다

너를 생각하는 마음이 너무 소중해서
나는 언제나 진심을 다해 감정을 전한다
쉽고도 어려운 방법으로
하지만 무엇보다 솔직하게

당신은 모르겠지만
내 마음에 그대가 피어나요

어쩌겠어요
그저 그대를 사랑해서 내가 이렇게 표현해요

혼자 가진 마음이라서
조금 시릴 뿐이지만 막 아프지만은 않아요

매일 표현하는 내 마음을 그대로 알고 받아주기를 바랐
고
또 그 마음이 다시 나에게 돌아오는 것
그게 내 꿈이었는데
지금은 조금 달라졌어요

어떤 미움 없이
그대에게 보내는
내 감정에 인사를 해요

사랑을 담은 마음에게
다시 돌아오지 말라고
잘 가라고 그냥 보내줘요

사랑을 주는 것에 익숙해져서 그런지
이제는 괜한 기대를 하지 않고
부메랑 마냥 돌아오지 말라고
내 사랑을 충분히 느끼라고 떠나 보내요

잊고 싶지 않은 바람

놓치고 싶지 않은 시간이고
놓치고 싶지 않은 경험이다

놓치고 싶지 않은 날에
놓치고 싶지 않은 사람과
놓치고 싶지 않은 바람이다

하루가 바뀌고 계절이 바뀌어 돌아오는 공간에는
부디 건조하지 않은 마음이기를 바란다
내 것이 아니었던 모든 것이
나와 함께하게 되어 미래를 그린다면
같이 두 손 가득 꽃을 피워
더 이상 차가운 밤이 되지 않길 바란다

소중해서 어렵더라도

그러하여 지켜내려 하더라도

그저 사랑이란 것을 까맣게 지우지 않길 바란다

청명

진부한 사랑 얘기
그저 예쁘게 만개했다 비가 오면 무수히 떨어지는
벚꽃처럼
너로 인한 사랑으로 홀린 듯 만개해버린 감정을 품다가
내리는 비를 피하지 못해 연해진 봄

어쩌다 사랑에 빠졌는지
어쩌다 처량에 젖었는지
그 어떤 이유도 내 마음을 가라앉힐 수 없지만
나는 아직 그런 진부함을 사랑한다

마음에 담는 사람이 생겼다

그 사람과 함께하면 편안하다
편안해서 여유롭고 그런 여유로움이 있어
그 시간에 그대에게 더욱 집중하게 된다

편안이다
남들이 아는 그런 편안인데
그대와 함께하는 시간은 편안조차 설렘이다

새로운 좋음
설레서 좋고 편안해서 좋은
처음 느껴보는 좋음이다

자유로운 그대의 표현과 정직한 표정
예쁘게 웃는 모습이 마음에 남아
자꾸만 보고 싶다

사랑 거리

먼 곳에서 너를 가장 많이 사랑할게
아주 가까운 듯이 사랑해 줄게

사랑은 단어 없이 행동하는 것
불필요한 눈빛도
불필요한 손짓도 없이
그저 솔직해지는 것

닳고 없어진 감정인지
시간 지나 자연스레 사라진 감정인지
모호한 과정에 혼란스러울 때
라일락 꽃향기 풍기며 사랑 준 그대의 시
그대가 준 마음 온전히 간직하고파

영화

우리의 만남은 결말 없이 써 내려가는 한 편의 서사
가끔은 잔잔하게
때로는 사무치게

진심을 다해 전하는 말에 거짓 없는 사랑
어설픈 실수뿐인 행동 속 요동치는 감정

너와 나의 다양한 표정으로 만든
수많은 예쁜 장면을 모아 엮은
장편의 영화

갓 꺾은 꽃에서 그대 향기가 난다

그대가 보이는 꽃
그대를 담은 꽃
그대를 닮은 꽃

옅은 분홍빛에
하얀 마음을 섞어 미약한 설렘이 가득하다

다채롭지만 않은
또한 찬란하지만은 않은
너의 그러한 색이 가득한 꽃

여림에 흔들리는 눈동자에
너를 가득 채운다

그대는 나의 감정

그대는 나의 떨림이고
그대는 나의 설렘이다
어디로 튈지 모르는 그대의 행동에
내 심장은 정처 없이 요동치고
그대의 표정을 바라보는 것만으로도
나의 입꼬리는 자유분방해진다

첫사랑

그대에게 가고 싶은 마음이었지만
그대에게 갈 길을 몰라 헤매다가 놓쳐버린 순간이다

그저 스쳐가는 바람이 아니었기에
계속 가슴 한편에 피어있는 꽃이 되어 남아있다

그대를 생각하는 마음에 나의 세상은 시간과 다르게
반대로 흐른다
그렇게 계속 흐르고 흘러
그대가 있는 곳에 도착해 다시 만나 알려 주고 싶다

그대는 내게 재가 되어 사라질 시간이 아닌
영원히 남을 짙은 계절이라는 것을

그대 또한 그러한 사람이라는 것을

곡우(穀雨)

우린 다시 봄이 될 수 있을까
무수히 많은 꽃잎이 떨어지면
그 추억을 밟을 수 있을까

몇 해의 시간이 흘러가면
밤새 울었던 밤이
아무 의미가 없던 것처럼 될 수 있을까

짧은 봄
짧은 시간
짧은 시

속삭이는 사랑이 아픈 선율이 될 때
흐느끼듯 어우러지는 바람
그저 지나가는 바람

여름

뜨겁기만 하면 타 들어가 결국 재만 남기니
그래서 내리는 것이지. 비가

내가 너의 위로가 되어 줄게

너의 오늘이 어떠하든
너의 내일이 어떠하든
그냥 안아줄게

오늘이 처음이고
내일도 처음이라
불안에 떠는 네게

정답이 없다는 걸 알면서도
깊은 생각에 빠지는 네게

괜찮다고 얘기해 줄게

네가 괜찮길 바란다

매번 부서지고 무너지는 너의 밤을
대신 새워 주고 싶다
대신 슬퍼하고
대신 울어 주어

그러하여 네가 괜찮아져
다시 밝은 아침이 되었으면 한다

노크

조심스럽게 노크를 한다
조심스러운 것은 배려를 한다는 의미이고
배려를 하는 것은 나에게 중요한 사람이라는 것이다

나도 너에게 노크를 하려 한다
흔들리는 너의 감정에 불안함이 사라지길 바라며
나의 글로
내게 중요한 너를 조심스럽게 알려주려 한다

신호등

늘 푸른 나무야
해가 반짝인다면 내게 와다오
아무런 걱정 말고, 모든 근심 버리고
좋음만을 생각하며 내게 와다오

시간이 지나 적색 노을이 져
감정의 변화가 생긴다면
천천히 해를 바라보며 깊게 생각하고

어두운 밤이 찾아오면
고민하고 아파하고 슬퍼하면서
너의 감정에 솔직해져다오

오늘 하루는 산책하듯 여유롭게

전력질주 하듯 미친 듯이 앞만 보더라도
마라톤 마냥 끈질기게 늘어져도
힘듦에 넘어지지 않길 바라요

매일 햇살 가득한 하루를 바라면서
가끔 비가 내려 마음을 적셔 놓아도
흐린 날 또한
아무 상관 없다는 미소를 지으면서 하루를 사랑한다면
꽃이 가득한 봄 산책한 듯 기분이 좋을 거예요

오늘 꼭 그런 기분이기를 바라요

청춘

내 꿈은 하얀 구름 위를 걷는 것
살면서 바라보는 청춘의 모든 것
아무 걱정 없는 하루를 살고
불필요한 감정 없이 사랑하는 것

아주 작은 소년과
아주 예쁜 소녀가 함께
같이 꿈을 꾸고
남들처럼 바람을 갖고 살아가는 것

연해(煙海)

작은 빛이다
푸르스름한 듯
하얗게 지그시 올라오는 듯
연하게 스며드는 색이다

명확한 답이 없듯
나 또한 감정에 대한 답이 없다
그저 연함이다

장마

어쭙잖은 감정에 내리는 비
한여름이 아닌 것을
뭐 이리 구슬프게 내리는지

그저 지나가는 슬픔이기를
그저 울리는 구름이기를
그저 소나기이기를

눈물에 지쳐 걷어지는 감정
그 후에 감싸는 무지개를 바라며
무거운 흐름에 서툰 위안을 바란다

짝사랑

그대의 좋음에 짝사랑이 싫어진다
내 마음에 들어오기 시작한 순간
절대로 주어서는 안 되는 마음
뺏기지 않아야 하는 마음

그대를 좋아할수록, 그대를 시기할수록
더욱 깊어지는 확신

그대를 사랑하며 생각하는 순간
그대에게 들어오는 착한 선의

문득 드는 뺏기고 싶지 않은 감정
좋음이라는 두려움 가득한 나의 마음
그럼에도 잃고 싶지 않은 마음

시간 지나 사라질 슬픔

결국 그칠 비
그리고 떠오를 해
영원히 고이지 않을 물
사라질 웅덩이

그저 수증기로 사라지는 것인지
아님
비틀어 말라가는 것인지

그저 모르게 사라지는 슬픔

한잔

그저 취하고 싶고 사랑도 하고 싶은 기분
못된 것만 같은 자유로움

복잡하지 않고 단순하게
더 이상 도망치지 말고
얼른 눈을 맞추고 술잔을 부딪히자

하늘에는 파도가 일렁이고
바닥에는 별들이 반짝여도
지금을 삼켜 순간을 기억하자

의문

1)
그냥 바람에 흘려라. 그게 이상이다

스쳐간 모든 것들은 재가 되어 사라지고
그리움은 짙어져 그림자가 된다
진심만 남고 시들어버린 욕망 때문에
바람을 원하던 시간은 영원히 이 밤에 남는다

2)
노력을 일반화하지 않고
결과에 의구심을 갖지 않는다

그에 대한 과정은 내가 알고
나를 본 사람이 알기에
그저 여기까지인 것을

웃는 자에게는 복이 있나니
나는 그저 웃을 거예요

꽃이 가득 피는 날에도
우산이 젖어 드는 날에도
건조하게 얼룩지는 날에도
하얀 눈이 세상을 뒤덮는 날에도
나는 잊지 않고 기억하며 웃을게요

그러니 그대 내게 와줘요
아무리 슬퍼도
아무리 미워도
아픔이 몰아쳐도
웃음이란 훈장을 안고 있을게요

모든 날에 내리는 햇살
모든 저녁과 뜸을 들이는 별마저
그대를 위해 머무르도록 떼를 쓸 테니

그대를 안을 수 있는 빛이 될 수 있도록 해주세요

작은 테두리를 그려

그 주위를 맴도는 달이 되어

항상 그대의 마음을 담는 미약한 빛이 될게요

손 놓기 싫은 계절

세상의 초록빛을 푸르다 할 수 있을 만큼
그대는 나의 여름을 그저 무덥시만 않게 만들어 주었다

까맣게 그을린 팔과 얼굴이 뜨거운 계절을 알리지만
그러한 작은 변화에 대한 묘한 기대,
깊어지는 감정이 내 마음을 설레게 했다

매 순간
시간이 멈추길 바랐다
좋음에 빠져 하나의 계절만이 존재하길 바랐으며
우리가 함께 만든 비밀은 한 편의 시가 되었다

시간이 흐른다
나도 모르게 익숙해진 계절이 멀어진다
달라지는 밤공기와 눈 마주치는 바람에

내일의 기대는 필름 사진처럼 흐려져 있다

그에 반해 선명해지는 것은 뜨거운 여름
그때의 설렘과 기대에 사랑하는 우리

선선한 내일이 온다
너는 여전히 내 옆이기에
떠나가는 여름이 아쉽지만
굳이 잡으려 하지 않는다

그대에게

그대의 행복을 구태여 설명한다면
그저 아름다운 문장
스쳐 지나가는 무지개
박제되어버린 하늘
소망 가득한 여망

아주 작은 찬란함에
너무나 크고 비옥한 그대의 마음에 피는 꽃

스치는 바람 따라
떠나보내는 바람이 존재하듯
끝내 놓치는 것조차 행복이기를 바란다

푸른 하늘과
푸른 바다

다른 푸른색을 담아 얻는 감정이 그대에게 어울리니
하늘을 보다 땅을 잊지 않기를 바라고
바다를 보다 나무를 잊지 않기를 바란다

나의 바람 안고
그대가 품었으면 하는 행복을 안고
이제는 그대에게 인사한다

안녕
여러 의미로

그대. 내내 슬퍼하지 마소서

쥐는 것만큼 놓는 것도 어려운 것이니
잃어버린 사랑에 처량해지지 마소서

그대의 아름다움
붉게 떨구는 눈물보다 봄과 같은 웃음에 더욱 가득하니
세상을 흐리게 만들지 말아 주소서

불안하게 떨리는 여림 때문에
처연하게 받아들이는 모든 감정
이제 그만 보내주고
미약하게 남아있는 행복에 최선을 다해
새로운 꽃을 피워 주소서

새로운 계절을 안아
그대 이제 청명해지소서

바다처럼

차갑고 고요하게
어떤 덧 없이 무심하게

내 의지와 상관없이 밀려온 감정의 파도를
그대로 다시 흘려보내 상처 입지 않는 바다

하늘에서 내리는 소나기에
폭풍처럼 물결이 요동쳐도
시간 지나 잔잔해질 모습을 알기에
그저 안고 받아들이는 바다

우연히 존재하는 모든 것에 욕심 없이
고이지 않고
넘치지 않는
깊은 심연의 바다

다름에 아파하지 말거라

내가 모두를 좋아하지 않듯이
모두가 나를 좋아하지 않는다

모두가 나를 좋아하지 않듯이
나 또한 모두를 좋아할 필요 없다

어쩔 수 없는 차이
어쩔 수 없는 다름이다

다름에 마음 아파하지 말고
차이에 슬퍼하지 마라

모두를 품을 수 없기에 사람이고
모두를 담을 수 없기에 사랑이다

너 또한 사람이기에

모두를 사랑할 수 없는 것이고

모두의 사랑을 받을 수 없는 것이다

그냥 다름일 뿐이니

괜히 마음 아파하지 마라

연명(延命)

무너져도 괜찮으니 그저 파도에 흘러가라
목적 없는 출렁임에 끝에 닿을 안정으로

가을

지침에 무너지지 않기 위한 위안
호흡. 괜찮기 위한 작은 쉼이다

가을

아쉽기만 한 시간에 마음은 갈대처럼 흔들린다
새로움이 온 것에 좋음이 있다가도
바람에 다시 돌아오는 여림이 서럽기만 하더라도
미천한 나의 감정에 명확한 답은 없다

그러해도 바라본 하늘
봄과 같이
여름과 같이
푸르기만 한 저 하늘에 다음 내 마음은
주황빛
지는 낙엽과 같다

출렁이는 파도에 어지러운 마음

자유롭지 않고 술에 취한 듯 흔들리는 상태
복잡하고 깊은 생각에 단순하게 그은 빨간 선
멈추지 않는 파도에 비치는 어지러운 내 모습

내가 가지지 못한 꿈과 감정은 남들과 다른 색
활짝 피지 못한 꽃의 색은 붉은 장미
활짝 핀 작은 생명의 색은 푸른 하늘의 흐릿한 달

냉정과 열정

행복을 찾아 살아라
노력과 힘듦이 그저 쓰임이 아닌
행복을 얻을 수 있다 믿어라

꿈 없이
원함 없이 살아가다
천천히 죽어 가지 말고
너를 위한 행복을 좇아 살아라

냉정과 다른 무덤덤일 뿐
행복도 불행도 원하지 않는 상태에서의
목표 없는 출렁임은
헤엄치지 못하고 그저 빠져 죽는 것이다

그러지 않길 바라기에 남기는 글이다

발버둥 치고

힘들어 하고

노력해라

그저 행복하지 않더라도

불행이 더 많아도

행복을 위해 살아라

필요함과 원함의 차이

위태로운 나에게 던져진 의문
보고 싶고, 너를 그리워하는 것이
그저 나에게 필요함인지 원함인지
그 둘의 차이에서 헤매며 거친 바다에 몸 던져 누운 상태

눈을 감고 파도를 느끼며
차가운 물의 온도에 파르르 떨며
온몸으로 받아내는 바다라는 존재
더 이상 견디기 힘들어져 가는 그러한 존재

가치로 나뉘는 필요성과
정도로 나뉘는 원함의 차이 속
그저 너의 행동이 나에 위안이 되었던 것

나를 아껴주는 사람이 필요하고

나를 위해주는 사람이 필요해서

너를 원하게 되는 것

너를 사랑했다

너의 모든 삶을 사랑했기에 너의 좋음만을 위해 살았다
나의 시간에 우선인 너였기에
그저 너에게 바란 것은 나를 생각하는 마음뿐이었다

그 마음에 하나둘 보여질 말과 행동을 바랐기에
더욱 너의 좋음을 위해 최선을 다하였지만
시간이 지날수록 애쓰는 나의 마음이 안쓰러워졌다

흔들리는 생각과
이미 지쳐버린 마음은
더 이상 너의 편이 될 수 없었다

더 이상 너를 사랑하지 못하게 되는 것은
사랑 받는 익숙함에 자신을 더욱 생각하던
너의 그러한 이기적 때문이다

너를 알았고 나를 알았다

사랑 받는 게 익숙하고
사랑 주는 게 최선인 사람의 연애는
결국 서로의 마음을 채우지 못한다

이해하고 또 이해하며
반복되는 생각에 그만 앓아 누운 새벽을 보낸다

그대의 모든 이해가 머리에 하나씩 쌓이지만
멀어질 관계가 될까 두려운 난
어떤 서운함도 말하기 어렵다

다름 그다음은 배려가 되어
더 좋은 관계가 될 수 있었으면 좋았을 것을

그저 아쉬움뿐이다

결합(結合)

어려움이었다
너무 다른 우리가 함께하는 것은
비와 해가 공존하는 것과 같았다

너를 밝게 비추고
너를 예쁘게 웃게 해주는 무언가가 되고 싶어서
더욱 표현하고, 선물하고, 사랑했지만
구름의 역할은 그저 해를 가리는 것뿐

자신의 역량을 잊은 해는
자신의 좋음에 의문을 품어 달의 뒤에 숨기 시작한다

해를 위로해주는 달
그저 달은 해야 할 일을 한 것이다

의문

해의 행복을 위한 위로일 뿐이다

여지

"어떤 일을 하거나 어떤 일이 일어날 가능성이나 희망"
내게는 의미 없는 정의일 뿐이다

사랑에 대한 가능성과 희망은
혼자만의 노력으로는 변하지 않을 어려운 결과인 것을
알고 있다

아무리 노력하여도
아무리 애쓰더라도
변하지 않을 일이기에
그저 여지를 버렸다

변하지 않을 욕심

너를 바라는 사랑과
너에게 바라는 사랑

너를 위한 사랑
나를 위한 사랑

저물지 않을 욕심에
하루 종일 내 마음은 붉게 타오른다

미련함에 놓지 못하는 마음아
밝기만 하면 서서히 타 들어갈 것을
이제 저녁노을을 닮아 서서히 저물거라
너를 위한 시간과
나를 위한 시간을 위해
이제 그만 밤을 맞이하거라

,

삶을 살아감에 있어 쉼표가 필요한데
연인으로서 우리의 관계에도 쉼표가 존재할까

솔직하게 사랑하며 비움 없이 채우는 마음이 필요하다
노력이라는 불필요한 핑계로
담아주지 못한 사랑을 이해하고 받아들이다 보니
마음속 깊이 있는 얘기를 하지 못한다

관계가 멀어지고 나의 사랑을 부정하게 될 것 같아서
우리라는 사이에 두려운 이야기가 쓰여지게 될 것 같아서
최선을 다해 표현하고 사랑하지만
시간이 지날수록
우리의 관계를 위해 애쓰는 내 마음이 안쓰러워진다
나 또한 사랑 받고 싶은 사람이기에
주기만 할 수 없는 사람이기에

크기만 한 마음에 균열이 생긴다

내 마음에 금이 가고 아픔에 내려놓게 된 것이
너를 사랑하지 않음이 아니다

그저 너의 이기적 때문에
이제 너의 편이 될 수 없게 되는 것이다

너를 사랑하지 못함에 허무함이 지나
이제는 애틋하다

끝이 없을 것처럼 사랑하며
끝없이 너를 사랑하고 싶었지만
끝없을 것만 같던 우리의 시간은
겨울을 맞이하며 같이 사라졌다

너란 사람을 사랑했기에 너무 당연한 것들을 바랐고
그 작은 바람에 닿지 못한 사랑이 반복되었기에
이제 너와 함께 내일을 바라는 사랑이 어렵다는 답이 나와
차분히 마음을 내려놓기로 했다

짙게 그려지는 과거의 좋은 기억과 아픈 현실
지난 아쉬움과
앞으로의 사랑이 부딪혀 처절한 아픈 마음을 붙잡고
크게 내려앉을 감정을 쓴다
처량하게 또 처연하게

삶

파도가 움직이지 않는 이유
단지 움직일 이유가 없어서

요동치게 만드는 무언가가 없어서가 아닌
요동쳐 봤자
다가올 무언가가 없어서
그저 잔잔하게 흐른다

윤슬

불어오는 바람과
허무하게 떨어지는 빗방울
자욱하게 내려앉은 안개가 내 마음을 적신다

검게 물든 어둠에
절망과 공허 그 어딘가에서 길을 잃어
끝없이 밀려오는 처연함

불안함에 그 어떤 위로도 안도를 주지 못하고
그저 새벽이라는 시간에 기대어 무뎌지기를 기다린다

내리는 비가 그치고 거친 구름 사이
처량하기만 한 나에게 들어온 달빛은
내내 잔불처럼 부수고 무너뜨린 파도를 잠재운다

이 글을 읽고 있는 그대들 또한

나와 같은 밤을 보내고 있나요

얼음

단단해지기에 오래 걸려 부서지지 않으려 노력하는 상태
새로운 마음을 지니고 있기에 짧은 시간
변화할 수밖에 없는 모습

믿음을 갖고 품기에는
불안정한 상황

사랑이 두려운 이유

나의 의지와 상관없이 그대로 흐르다 머무는 감정에 빠져
그대가 밀어내는 작은 파도에 휩쓸려 느끼는 두려움

누군가 나를 좋아해주더라도
다시 느낄 원초적인 두려움 때문에 닫아버리는 마음
그러한 아픈 고민에 아끼지 못할 사랑

나는 그대를, 다른 이는 나를
두려움의 존재에 더해지는 원망 가득히 반복되는 굴레

내가 그대를 그릴 때 그대는 무엇을 그렸나요

내가 사랑이라는 온도를 그대에게 맞춰줄 때
그대는 내게 어떠한 계절을 선물했나요

우리의 여백을 당신으로 가득 채우려 노력하는데
점점 채워져 가는 곳에 나의 모습은 없네요

불안함에 불거진 걱정뿐인 마음에 드는 생각인 것인지
이러한 그대라도 계속 함께하고 싶은 나의 욕심인지
모르겠네요

효월(曉月)

새벽 공기에서 맡는 처량한 향에 젖어
울부짖고 싶은 답답함에 맺혀버린 원망과 자책

피부를 스치며 연하게 부는 바람과
어두운 길을 은은히 비추는 달이
불안함에 물든 나를 위해 작은 노력을 한다

미천한 마음을 담고 있는 나를 위한 연민으로

이별의 밤

그저 밝게 빛나다 엇갈려버린 우리
앞만 보고 똑바로 걷다 저버린 노을
지쳐버려 기울어진 달의 그림자
달빛에 말라버린 눈물과 소망

묶음에 짙어지는 밤
우린 깊은 심연 속으로

밤사이

별을 보는 방법을 몰라서
꿈이 없는 내 모습이 처량해 보잘것없어 보여서
그저 소란스럽게 울며 잠든다

분명 어두운 밤이거늘
방해하는 빛이 너무 많아서
보고 싶은 별이 보이지 않는다

별이 보이지 않는 것보다 더욱 속상한 것

그러한 방해로 인해
점점 별을 묻고 별을 잊으며 살아가는 것

그렇게 점점 바람이 없어지는 것

나

1)

철 지난

그때의 추억을 사랑한다

용감하고 바람직한 생각을 갖고

배려와 이해를 담은 감정을 품던 그 시절의 난

거울 어느 깊은 곳에 존재하고 있을 것이라 생각한다

2)

나는 항상 바다를 머금고 산다

짙은 바다의 공허함만큼 서러움도 가득하니

모두가 좋아하는 푸른 바다가 되기 위해서

빛이 없는 새벽과 함께 서늘한 추위 속

처량한 나를 버릴 것이다

미움의 기억

삭막한 나 모두

3)

상처받지 말고

아파하지 말고

그냥 흘러가는 대로

아프면 그냥 아픈 대로 다 받아들이고 보내버리자

내가 어찌할 수 없다면 발버둥 치려 노력하지 말고

다 흘려 보내자

위로가 필요한 날

1)
행복하고 싶어 사랑을 하는 것인지
사랑을 해서 행복한 것인지

오늘 밤은 그런 날이야
사랑에 의문을 갖고 고민하는 그런 날

누구보다 아프고
누구보다 슬프고
누구보다 외로운

누구보다 불행하고 싶으면서
위로받고 답을 찾고 싶은

2)

오늘 내 기분을 누군가 알아주길 바라서

시적인 표현을 쓴다

누군가의 소리가 필요해서

누군가의 위로를 바라서

내 오늘 하루를

시로 대변한다

너의 꿈을 꾸었다

어려서 풋풋했고 여려서 아렸던 그 시절
사랑을 함께한 너와의 꿈을
꿈이라 자각하지 못하는 나에게
마치 현실과 같은 장면은 당혹함을 가져다주었다

영영 보지 못할 거라 생각했던 사람이
예전과 같은 모습으로 내 옆에서 밝게 웃는 상황이
설레어 좋기만 했다

그 짧은 시간 동안 많은 얘기를 나누며 매듭지은
그동안의 궁금과 호기심은
내 마음에 사라진 줄만 알았던 너에 대한 여림을 느꼈다

미움과 미안
아쉬움과 자책

여러 감정을 너에게 보여주었고
그에 답례인 듯 너는 나에게 예쁜 미소를 보여주었다

우리라는 말이 잘 어울리는 시간으로
너와 함께 살아갈 수 있는 마음이 생겼지만
서로를 바라보며 예쁘게 미소 짓는 장면을 끝으로
현실의 부정인 잠에서 깨어났다

검은 천장에 떠올려보는 그대 얼굴이지만
희미한 안개처럼 그대의 웃는 모습이 짙어지지 않는다
무너지는 마음을 찌르는 통증에
아주 작은 눈물을 눈에 맺히게 놔둔다
지금만 느낄 수 있는 감정이기에
과거의 나에게 느끼는 어쩔 수 없는 연민이다

밤이라는 커튼 밖에서는 괜찮은 척

별일 아닌 듯 웃어 보이는 모습 뒤 하루의 끝

커튼이 쳐지며 막이 내리는 순간 빛을 막아내는 공허함

마음 깊이 박혀있는 세상의 다정함 때문에

매일 밤 허상으로 남은 밝은 하늘의 햇살

벗어나고 싶은 어둠에 물들어 괜찮지 않은 모습

절규하고 발버둥 치며 괜찮아지기 위해 선택한 방법은

그러한 아픔까지 품는 것

많이 슬퍼하고

많이 울어 토해내어 그저 지쳐 잠드는 것

밤에 유일하게 밝은 달

나를 위로해 줄 수 있는 그러한 달을 사랑해보며

오늘의 새벽을 안는다

저녁

나는 매일 나은 삶을 향해 가는 걸까
아니면 포근함 밤을 향해 가는 걸까

때로는 땅이 꺼질 듯한 한숨을 쉬며
때로는 지침에 가슴을 헐떡이며

그만큼 힘든 시간을 견디는 이유는 무엇일까
나는 무슨 꿈을 꾸고 있는 걸까

지금 밟고 있는 보석 같은 오늘도
곧 녹아 없어질 텐데
소란스러운 마음은 전혀 갈피를 잡지 못하고 있다
이제는 잔잔하게 그러하여 사무치게
나의 감정은 새벽에서 제일 가까운 곳으로 달려간다

노을녘

숨을 쉬고 싶다
빛이 없는 공허함에 가라앉아 밤을 새운다

매일 같은 시간
하루를 돌아보는 곳에서
한 굴레의 덫 마냥 슬픔을 놓지 못해
아무도 모르게 조용히 운다

위로
대신 울어줄 수 있는 그러한 별조차 없이
나를 달래어 주는 밝게 웃는 달 또한 없이
나약해져 나아지지 않는 나에게
푸른 하늘의 감정은 어느새 사치가 되었다

먼지 냄새

방치되고 쌓여버렸다
너무나 무심하게
그러하여 쓸쓸하게
외로이 계절을 느끼던 감정이
이제는 등을 지어
건조한 마음을
태워버린다

작별

언제, 어디에 있든
나를 사랑하지 않는 마음은 그저 까만 밤이에요

외로이 남겨진 달은 홀로 밝게 비추고
나 또한 까만 밤에만 머물고 싶지 않은 것을

그럼에도 여전히 울고 있는 내 마음속 어린아이는
잡히지 않는 저 뭇 별만을 바라보며
형체 없는 사랑이란 말을 기대하네요

사랑이란 감정에 기대어
새벽이란 시간에 슬픔과
그러함에 쓰린 아픔 모두
나에 대한 자책과 함께 이만 작별하기를

먹구름

바라는 사랑
바라지 못하는 사랑
바라면 안 되는 사랑
정확히 결론 내릴 수 없어
어색하기만 한 감정은 적막한 하늘과 같다

빛을 뿌리다가도
빛을 숨기다가도 결국에는 연하게
모두가 바라볼 수 있게 아주 연하게 빛을 흘려보낸다

그러함에 나를 덮는 처연한 안개
그 어떤 밝은 빛이 없는 연함에
내 감정은 먹먹한 답을 가진다

여상

시는 장편의 감정 중 짧은 서술
풀어내기에 복잡하면서
명확하게 내리지 못하는 답과 같은 감정에
긴 장편의 글이 써진다

바람과 어울리려 하는 감정에 둘러싸여
오히려 바라보지 않으려 노력하는 상태

도피와 처량
두 개의 길로 이어지는 마음을 들여다보다
묻어버리는 여망

지니기 어려운 슬픔을 쓰고
보살필 여력 없는 아픔을 팔며 버티다 죽어버린 감정
그러한 나의 초상화

해바라기

멈추는 법을 모르는 꽃
시들지 않고 끝까지 꿈을 꾸는구나

색에 대한 욕심이 없는 꽃
항상 짙은 감정을 품고 사는구나

그저 다 가지고 싶은 욕망이 가득해
지침 따위에 꺾이지 않으니
미련하게 홀로 제자리 남아 떠나간 이들을 그리워하는구나

늦저녁 밤을 알리는 노을을 닮은 꽃아
이제 그만 붉게 타 들어가거라

너의 지침
이제 그만 시들어 쉬거라

비가 오는 도시는 재앙뿐

오만과 자만
무관심 속 썩어가는 세상에
바람은 폭풍이 되고
작은 불씨는 화염이 되어
세상에 흩뿌려지는 재

흐려지지 않는 장면과
무뎌지지 않는 부재의 슬픔은
길 잃은 감정의 그림자

물음

그대 삶은 참 별로인가요
아님 그저 불안함에 허덕이는 건가요

비참한 시간과 현실 속
잃어가는 것에 대한 두려움 때문인지
아니면 잊어가는 것에 대한 아픔 때문인지
대체 무엇 때문에 그렇게 자신을 미워하시나요

상처

외로움이라는 어리석은 감정에 기대는 그대여
진심으로 누군가를 사랑하나요

어떠한 기대 없이
행복이라는 거창한 단어에 목 메이지 않고
지금 순간을 사랑하나요

부정으로 단추를 메우다
어긋나버린 셔츠를 바로잡지 못하고
그대로 계속 여미고 계시나요

걱정 가득해 그대에게 전해요
마음을 들여다볼 때
어떤 작은 원망 없이
진심으로 나를 사랑하나요

나는 돌멩이

밟히고 차이며
모양이 점점 변하는 돌멩이

갈리고 긁힌 상처
모난 모습에 멀쩡할 리 없는 마음
사랑 줄 용기 없어져 좁아진 시선

사랑을 흉내 내다 지쳐버린 그대들에게 진심을 전하다
미워지는 나
모난 곳 많고
모진 곳 많아
자신을 사랑하지 못해 결국 마음을 닫아 버렸다

겨울

나빴던 것은 타이밍이 아니다
수많이 머뭇거렸던 나의 망설임이다

첫날

하늘에서 눈이 내린다
너 없이 맞는 첫눈에 초점이 흐려져
고개를 들어 천천히 내려앉는 감정을 지그시 안는다

어쩔 수 없이 떠오르는 우리의 첫눈
우박처럼 쏟아지던 눈과
푸르게 떨리던 설렘 섞인 추위
즐거움이 내려앉던 하얀 눈이
신남에 미소를 하나씩 더해 주는 것 같던 장면이다

특별할 거 없는 하루에
너의 존재 유무로 하루를 특별하게 만든다
오늘은 네가 없어서 특별했던 첫날이다

네 계절

너를 너무 사랑했기에
이렇게 사무치는 것 또한 당연한 거겠지

세상의 불필요한 소음에 표정이 일그러져도
너와의 사랑으로 그저 좋음이 되었던 모든 것

어떠한 한 계절에 모두 담아 바라보던 사랑이
바뀌어버린 계절에 같이 오지 못했기에 끝나버린 여망

그렇게 닫혀버린 문에
들리지 않는 소리
모두 묶음 처리된 계절을 맞는다

나는 지금 겨울
너는 여름 그 자리에 남았다

그대는 더 이상 나를 사랑하지 않는다

나의 변화 때문인지
아니면 그대의 변화 때문인지
어떠한 답을 내리기 어렵지만
그저 달라진 우리의 관계에
뿌리 깊이 박혀있던 다정함이 무관심이 되어
예쁘게 피어있던 꽃이 꺾여버렸다

누구의 잘못이 아닌 것을 알기에
내내 아쉬운 지난 시간을 떠올리다가도
새로운 세상의 아름다움을 받아들이려 노력한다

그러한 생각을 갖고 삶을 살아가다
세상이 어두워진 새벽에 북받치는 감정은 아직 어찌할
수 없다

그대를 닮은 달을 사랑하였기에

오늘도 그저 새벽을 안는다

소설

첫눈을 놓쳤다
너무 바쁘게 돌아가는 시간을 견디다 보니
그저 그렇게 흘러가게 내버려 두었다

설레는 감정을 외면하고
처음이라는 두근거림을 반기지 못하여 떠나는 겨울

과연 하나의 계절을 무시하며 보낸 미래가
나에게 큰 안정이었는가

의문뿐인 상태에서 솔직한 마음을 바라볼 수 있는 시간은
대부분이 잠든 시간 홀로 남겨진 이른 새벽

천천히 읽고
천천히 바라보고 얻은 답

여린 비가 될까 두려워 흘리지 못해 눈가에 맺힌 밤이슬

마음에 담지 못한 첫눈이 아니었다
충분히 마음에 담았지만
바라보지 못한 미련함 때문에 겪는 후회일 뿐

녹지 않을 눈에 전하는 진심
그대 다른 계절에는 안녕하소서

그리움

표현하기 어려운 감정이다
사랑이라는 표현 그 밖에 존재하는 단어라
내뱉지 못하고 혼자 삼킨다

외로움에 지쳐서인지
오랜만에 찾아온 계절 때문인지
그저 살아가는 시간을 멈추게 만든다

그대가 알려준 감정을 그대로 안고
그렇게 안은 수만 가지의 아픔을 사랑하며
눈가에 고인 바다

깊이 없는 슬픔에
결국 그리움은 나를 지나 그대에 향한다

뭍

너를 사랑하다 버려졌다
어엿한 사랑이라는 시간을 보내오다
어느 순간 너의 사랑은 부재가 되었고
결국 너는 우리라는 관계를 부정했다

그저 밝게 빛나다 엇갈린 우리이기에
쉬이 놓지 못하는 사랑이다

여린 떨림으로 무언의 절규를 지르지만
작은 연민에 이어질 관계라는 것을 알기에
미천한 슬픔과 함께 나는 그대의 마음을 담았다

타살

흐르고 흘러 무너지는 새벽이다
새벽에 취해 무너지고 짙어지는 슬픔에 중독되어
하염없이 울어 토해내는 울분에 빠져있다

무엇이 그리 원통한지
무엇에 그리 허망한지
부정확한 이유는 속에 나아지려 하지 않고
작은 빗방울에 흠뻑 젖기만 한다

불필요한 악을 마주하여 더욱 무너지려 하는
불편한 진실 속에 뛰어들어 더욱 약해지려 하는
불쌍한 영혼의 새벽은 잠잠해지지 않는
거친 파도 속에 빠져 그저 천천히 자살한다

밀물

나의 세상은 그대에게로 흐른다
마음 아파 밀려나가다가도
그 밀려나는 나 자신이 싫어
다시 다가가다가도
결국 내 감정은 그대에게로 흐른다

그대의 감정이 나와 다른
허망뿐인 바다라는 것을 알면서도
나는 여전히 소망 가득한 파도가 되어
그대에게로 흐른다

방백

내가 그대를 사랑할 수 없는 이유가
나만의 이유가 아니기에
쓸쓸하고 비참한 내 마음을 감추네

그대는 나를 생각하지 않기에
그대는 나를 사랑하지 않기에
나는 혼자 세상에 울먹이네

내 마음은 아직 그대를 놓지 못해
그대가 아닌 다른 어떤 감정도
이 허전함을 채워 주지 못한다

내가 외로움에 빠져서 그대를 그린 시간 동안
그대는 과연 무엇을 그렸을까

무의미한 사랑을 이제 그만 지우려 한다

내가 무너지지 않으려
너를 잊는 게 아니다
너를 좋아하던
내 모습을 잊는 것이다

미련하기에 고백한다

지금 이렇게 힘겹게 쥐어 잡는 감정이라면
마주하였을 때 도망가지 않고 감아 안았어야 했을까

그리 오랜 시간이 지났는데도
네가 생각나고
너를 생각해서
떠올리는 세상이 아프기만 하니
노력할 수 없는 이 깊은 마음만
초라해질 뿐이다

마음속 꾹 뱉고 싶은 말이 있다
좋아한다는 솔직한 말
세상 밖으로 내뱉지 못하지만
그저 네가 알아주길 바란다

묵음

생각과 행동의 불일치가 몰고 온 파장
미안함 속에서 원망을 찾고
그러한 원망 속에서 피어오른 불신

좋음과 싫음의 분명함과 함께 차오르는 바다는
아무것도 듣기 싫고, 아무것도 보기 싫음에
발목까지
부정에 대한 미움에 무릎까지 차올랐다

나를 덮어버리는 바다 때문인지 몰라도
살아나기 위해 발버둥 쳐지지 않는다

체념인 것인지
편안함인 것인지 모를 안식에
그저 소리 없이 잠긴다

독백

너와 함께하기 위해 멀어졌기에
네가 없는 하루는 힘듦과 슬픔의 반복이었어

나를 사랑하지 못하고 너를 품을 공간이 없어서
내가 너에게 다가갈 수 있을 상태가 되기 위해 노력했어

혼자 시간을 보내고 쓸쓸해하면서도
너에게 다시 다가갈 용기를 바라면서
최선을 다해 하루를 살았어

미친듯이 살아온 나의 노력은 결과로 이어졌고
발전한 나를 사랑하게 되어
당당해진 모습으로 너에게 다가갔지만
많은 시간이 흐른 지금
너는 나와 다른 감정을 가지고 있었지

우리는 너무 많은 시간을 혼자 보냈고
그런 나를 기다리던 너는
더 이상 나를 바라지 않게 되었어

좋은 미래를 바라고 하루를 바란 선택은
결국 나의 이기적인 욕심뿐이었고
너를 혼자 남겨 둔 지난날의 나를
더욱 미워하고 자책하며 매일 슬퍼 울었어

더 이상 네게 내 마음을 전할 방법이 없는 걸 알기에
매일 새벽 처연해진 마음으로 지난날을 원망하면서
그때의 나는 어쩔 수 없다 생각하면서도
정말 어쩔 수 없었을까 후회하면서
너와의 시간을 꿈꾸고 바란 지난 시간만을 기억하며
살아갈 거 같아

네가 나를 사랑할 때 함께하지 못해서

나를 사랑하고 있을 때 더 빨리 다가가지 못해서 미안해

흰 성

우리의 안녕을 묻던 순간을 기억하고
당신의 기억을 묻던 계절을 사랑한다

가슴을 부여잡고 바다에 빠져도 죽지 않는 잔불
당신이 남기고 간 잔불에 끝없이 녹아 내린 흰 성

한순간 채워졌다 빠져나간 감정은
공허함에 물들어 하얗게 덮어버린
예고 없이 스며든 겨울이란 쓸쓸함

다시 돌아온 계절은
사라지지 않는 흔적 때문인 것인지
지워지지 않는 모습 때문인 것인지

선명한 그리움 담긴 눈물을 먹 삼아

하얀 계절

처연하게 그대를 그린다

다시 한번 그대를 만나 안녕을 묻게 된다면

지금, 당신도 나와 같은 그리움을 지녔는지

지금, 당신도 나와 같이 서늘함에 젖었는지

당신 또한 이리도 거대한 감정을 안고 살아가고 있는지

묻고 싶다

정신 없이 빠르기만 한 시간 속에

정신 없이 그대 모습이 그려지는 이유

그때의 계절이 아닌

그 계절에 살던 너를 사랑하기에

당신을 처음 만난 그곳이
그때가 보고 싶다

세상 행복 다 가졌다
세상 아픔 다 짊어진다

그대 마음 품고, 그대 상처 안고

아무리 꿈을 꾼다 해도
크게 이루어짐 없는 사랑

그대를 사랑하며 겪는 모든 아픔이 무뎌질 수 있을까
우리의 추억과 함께 빠른 시간 그대를 잊을 수 있을까
고요하지 않은 파도가 적막 가득한 어둠이 될 수 있을까

그대를 보아도 아프지 않을 수 있다면
깊기만 한 감정이 상처로 남는다 해도
영원할 것만 같은 이 아픔 안고
잠시 빛을 잃고 살아갈 것이다

속절없는 이 감정을 피하지 않을 것이다

관심의 척도

나는 물음표
너는 온점

너를 알고 싶어 질문하고
너를 이해하려 질문하는 내게

너는 대답만을 놓는다

거기까지인 것이다

내 물음에 답을 하는 정도
너의 관심은 딱 그 정도인 것이다

너에게로 흐른다

1)
다시 그대를 사랑한다면
나를 사랑하는 그대를 볼 수 있다면
난 모두 비워 낼 수 있어요

나의 감정이 채워진 곳을
너의 슬픔이 채워진 곳을

모두 버리고 치워
그리움 없는 사랑으로 함께하고 싶어요

보고 싶어요 그대
사랑해요 그대

2)

기어코

너에게 흐른다

멀어지려 노력하고

잊어버리려 발버둥쳐도

어쩔 수 없는 너의 존재에

나는 불안하게 흔들린다

추신

이번 겨울을 눈물로 가득 채웠어요
가을처럼 쓸쓸한 낙엽보다
더한 슬픔으로 덮었어요

여운 가득한 로맨스 영화 같았던 그대와의 사랑이 있어
더욱 춥고 아팠던 겨울이었어요

그대와 걷던 길과 추억 위에 쌓인 눈
치우고 녹이고 밟아도 사라지지 않는 어쩔 수 없던 좋음에
또 눈물을 흘리네요

하지만 이제는 겨울을 보내줘야겠죠
그대와 함께 예쁜 우주를 그리다
그 많은 우주 속 별들이
날카로운 가시가 되어 이제는 나를 찌르니

다가오는 봄에는 나를 더 사랑해 주어야 할 것 같아요

지금까지 그대를 사랑하던 내 모습은 사라지지만
그때의 추억은 잊지 않고 꽃이 피지 않도록 잘 간직할게요

마음이 착잡하고 쓸쓸하겠지만
아마 이게 더 편할 거 같아요

그리움

그때의 너
그때의 나
그때의 표정
그때의 설렘
그때의 좋음

그때의 우리
사랑이란 단어와 잘 어울려
사랑이란 단어에 비유하였던 인연
뜨거웠던 여름도
쓸쓸했던 가을도
다 잊게 만드는 차가운 겨울에 코끝이 시려지네요
차가운 공기에 짙은 향기는 봄을 더욱 그립게 하네요

후회

내 최대 후회는
그대를 외면하고 그대를 사랑하지 않으려 했던 노력
나를 사랑해주고 좋아해주던 그대의 표현이
얼마나 소중하고 행복했던 기억인지 다시 느끼는 이 아픔

내가 바보 같아서 그대를 외면하고 살아왔기에
한참 아파하고 한참 쓰라리며 살아가야 한다
내가 그렇게 행동했으니
그렇게 짊어져야 한다

동거

너무 힘들어 다 내려놓았는데
왜 괜찮아지지 않을까

매일 아파하고 매일 슬퍼하는
이런 나를 어떻게 해야 할까

나아지지 않는 마음
나 자신을 불쌍히 여기는 마음 때문에
너무 고된 밤이기만 하다

애절

굳이 내가 지침을 고하는 이유는
단지 누가 내 옆에서
나를 알아주길 바라길 때문이다

나 이만큼 힘드니까
어디 가지 말고 내 옆에서 나와 함께하자고
너와 함께하는 시간은 내게 행복이니
그러한 행복마저 놓치고 싶지 않다고

애상

누군가를 사랑하는 것
로맨틱하고 아름답지만
달리 생각해보면 너무나 아프고 슬픈 것

때 묻지 않던 설렘에 속아
순수하게 받아들인 감정은 사랑

시간이 지나 사랑은 익숙해지고 설렘은 무뎌져
나에게 남은 것은 의문뿐인 관계
그러한 행동에는 실례와 미안함이 가득하기에
서로에게 아픔만을 주고 떠나간다

매번 찾아오던 밤도 다른 기분으로 받아들이게 된다
하염없이 울고 하염없이 추억을 토해내다
추하기만 했던 마지막에 내 자신에게 지쳐 눈을 감는다

그렇게 잠드는 새벽

그렇게 잠드는 사랑

그렇게 잠드는 아픔

그대를 생각하며 느끼는 이 절절함

다 잠들기를 바란다

붕괴(崩壞)

너는 외로움이며 짙은 안개에 곁든 슬픔
이제는 우리의 무의미한 사랑을 그만두려 한다

함께하며 지은 여러 표정과 기억들이
바람이 불어오듯 잔잔하게 다가온다

많은 좋음이었고
많은 여림이었기에
많은 아쉬움이다

그대를 좋아하며 많은 것을 포기했고
그러하여 많은 것을 떠나보내면서도
괜찮다는 마음으로
괜찮아질 거라는 믿음으로
현실을 외면하였다

나는 그대로인데

변해버린 그대 모습에

내 마음은 미련함에 슬퍼 운다

우리는 그저 스쳐 가는 인연이었을 뿐이다

우리의 허상을 사랑한다

너를 사랑했고
너를 사랑하는 나의 모습을 사랑했다

그 어떤 꽃보다도 예쁜 모습의 우리는
미처 알지 못하는 미래를 생각하지 않았기에
현재의 감정에 솔직했고 현실에 충실했다

좋음만 가득했으면 하는 마음에 좀먹어가던 솔직함
서로의 다름에 부딪혀 잃어가는 표정은
사진에 담긴 우리의 모습과는 다른 색깔이다

단단하게 먹은 마음과 달리
덧없이 흔들려 버리는 생각
처참히 무너지는 관계

우리의 관계 끝에서

목 메이며 누르는 한 단어

나는 우리의 허상을 계속 사랑한다

그러기에 나는

나의 생각과 감정 마음 모두 느리게 자살한다

너의 사랑은 나의 그리움

극단적으로 누군가를 그리워하게 된다면
사랑 이외에는 다른 감정을 받아들일 수 없다

너에게 그러한 마음이 든다
너를 그리워하고
너를 사랑해서
처연하게 받아들여야 하는 감정이다

한없이 보고 싶은 생각에 처참히 무너지는 마음이다
그저 너에게 바라는 한 가지
나를 안쓰럽다는 듯 다독여주고
마음 가득히 따스하게 안아줬으면 한다

아주 잠시라도 나를 사랑해줬으면 한다

가끔 그리는 사랑

늦은 새벽
활짝 핀 꽃을 떠올린다

따스한 봄날이 아닌 계절이라도
고운 그대 얼굴 떠올린다면
처음 느끼는 감정에
마저 알던 내 모습을 떠나보낸다

항상 웃던 내가
하늘의 날씨와 같던 내가
더 솔직해지는 시간

달빛에 그림자 가득 짙어졌을 때
그 안에 담긴 내 모습
슬퍼 우울해진 어둠이다

마음이 떠나지 않아

세상이 무너지고
세상이 미워진다

너와의 거리가 멀어지고
너와의 사이가 틀어지면서
나는 이제 너를 담을 수 없다

세상이 무너지듯 울고
세상이 미워 원망하고
내 마음이 부정당하면서도
계속 너를 사랑하고 있는 것

한없이 울어 토하고
처절하게 흐느끼는 아픔

존재하지 않길 바라는 슬픔
익숙해지지 않는 깊은 공허

아직 그렇게 깊게 사랑하는 것을
너는 나에게 그러한 존재라는 것을

사랑이라 부르며

너를 너무 좋아해서 감싸안다가도
줄곧 무너지는 마음이다

너를 너무 사랑하기에
배려하고 이해하며
다름을 받아들이다 반복되는 서러움은
너무나 큰 슬픔을 차지한다

다름은 너를 믿게 만든다
너를 사랑하며 받아들이는 여러 미움이
우리의 끝에서는 결국 원망이 되겠지만
나는 너를 여전히 사랑할 것이다

사랑의 끝에서 자책 없이 보내 줄 수 있는 이기적으로
미움보다 더 큰 사랑을 보여주어

후회 없는 시간을 보낼 것이다

내 마음이 천천히 무너지더라도
나는 너를 감싸안을 것이다

눈동자

흐느끼는 파도가 빛을 바란다
긴 밤 창문을 열어두면 스며드는 빛
바람에 날아갈 것만 같은 시린 빛

짙은 공기에 일렁이는 아지랑이
아무 일 없던 것처럼 자연스레 흐르는 비

작은 유리잔에 담긴 감정은
계속
또 계속
파도가 일렁이며 내려앉지

내 마음이

봄의 꽃처럼 다가왔다
여름의 태풍처럼 떠나가고
가을의 낙엽처럼 천천히 지다
겨울의 추위처럼 불현듯 떠오른다

깊고 그윽해 쉽게 버릴 수 없는 기억
그대 모습 흐려질수록 선명해지는 추억

사랑하면 안 되는 것을 알면서도 사랑한다
애잔하게
그리고 은근하게
그대를 오래
또 오래

당신과 남긴 추억을 기억하며
당신에게 다시 줄 추억을 만들며 산다

오늘도 보고 싶은 사람아, 어찌 잘 살아가고 있나요
그대 없이 버티는 삶
어떻게 시간이 흐르는지 모르겠네요
지난 그대의 추억이 없었다면
그저 죽어가는 삶이었을 거예요

그대와의 기억을 떠올리면 옛 모습을 미워하다
나를 사랑하는 당신과
당신을 사랑하는 나를 생각하며 가끔 울어요

시간이 얼마나 지나도 나는 그대를 사랑할 거예요
정말 언젠가 그대가 나에게 다시 돌아온다면
그때의 감정을 물어보기보다
내가 없었을 시간의 삶을 물어보고 싶어요

내가 없는 그대의 삶이 어떠했는지

그대의 아픔은 어떠한 무게였는지

내가 다 알고

더 이상 그대가 무겁지 않게 나누어 사랑하고 싶어요

그 어떠한 덧 없이

또 불필요한 감정 없는 사랑을 약속하며

다시 오지 않을 순간으로 기억하며 사랑할게요

삶이라는 단어에 자살이라는 말을
생각하게 하지 말아 주세요

그대 왜 나를 떠났는지
나를 왜 버렸는지
한 번쯤은 얘기해주세요

단지 사랑하지 않아서
단지 그대 삶에 내가 속할 수 없어서

어떠한 이유에서인지
작은 말 하나라도 좋으니
나의 감정에 막을 내려주세요

작은 씨앗 따위
그저 죽은 것이라고
꿈조차 꾸어서는 안 된다고
단호하게 말해주세요

어떠한 말이 없어서

나, 그대가 올 거라 기대하다 느리게 자살하고 있어서

살아가고 싶은 작은 바람 때문에 울분을 고해요

그대의 사랑을 바라며

나의 사랑은 미완성
그대를 사랑한 시간도
그대가 보고픈 마음도
그저 미운 그리움마저
완성되길 바라는 기다림

짙은 심연 속으로

잔상이 가득한 윤슬
그 위를 감싸는 붉은 노을이
저물지 않고 시들어간다

동화 같기만 했던 기억
뒤틀리는 추억
우리가 흐려질수록
선명해지는 감정

너를 표현한 사랑
그렇게 알아간 행복은
그저 언어일 뿐이었다

자꾸만 그대가 밟혀요

나를 사랑하지 않는 사람을 사랑하지 않으니
내가 사랑할 수 있는 사람이 없어졌다

이루어지지 않음을 알면서 채우는 마음
불필요한 감정인 걸 알면서도 바라는 사랑

우리의 짧은 거리에
길기만 한 관계다

나를 바라고 나의 이름을 불러줘

너에게 가지 못해서 멈추었다
가까이 다가가다
멀어져야 하는 상황에 갈 곳을 잃은 감정이다

서로를 바라고 마음을 들추다
점차 어두워지는 안개에 버려야 하는 마음
다시 꺼낼 수 없어 슬픔조차 사치뿐인 시간

버리지 못하는 기억이라 처절하게 지우면서 살아가야
하지만
우리의 사랑이 꿈엔들 내가 어찌 잊고 살아가나요

그대와의 푸른 장면을 지우고
사랑하지 못한 외로움 속 의미 없는 감정을 붙잡다
길 잃은 마음에 달래지 못한 청춘을 찾아 먼 길을 헤매요

나는

그대에게 이런 감정이 드는 것이 비참하기만 하다

생각이 많아서 좋음만을 따르지 못했고
마음에 결단력이 없어 피하고 도망쳤다

지독하게 이기적이었기에
매일 계속 핑계만 늘어놓으며 상처를 주었고
그러한 행동은 그대에게 모두 아픔이 되었을 것이다

남은 감정은
나에 대한 미움과 싫음뿐일 걸 알면서도
그저 너에 대한 내 감정이
아직 닳고 없어지지 않길 바라며 꿈을 꾼다

결국이란 결과를 만든

지난 과거의 나를 계속 탓하고

알고 있는 결말을 또 생각하며

오늘 밤은 솔직하게 울어본다

별에게

우리의 외로운 시간 속 부재는 사랑일까요
이상하고 모르는 감정이지만
과거로 돌아간다면
그저 빌고 싶은 소원이 하나 있네요

사랑
그 의문 가득한 감정을 아름답게 바라보고 싶어요

괜찮은 줄 알았다

눈물보다는 생각이 앞서 있어 크게 아프지 않은 줄 알았다

평소와 같은 일상에 문득 드는 생각 외에는 괜찮아서
똑같이 시간을 보내며 하루를 마무리하니
공허함에 덮어진 새벽에 폭풍처럼 몰려오는 아픔이다

우리가 함께 보내온 시간 중 네가 가장 예뻤던 순간
그 모든 것들이 어두운 밤 하늘에 여러 별을 떨구게 만든다

하나씩 저무는 별에 하나씩 지우는 추억
홀로 남은 달로는 밤을 밝힐 수 없어
그저 소리 없이 절규한다

너를 사랑하는 내가 좋았다

가슴 깊숙한 곳에서 울리는 떨림
빛이 드는 아침만 기다리는 설렘
새로운 날마다 전하는 사랑

순수하기만 한 감정을 내세우며
매일 너의 미소를 위해 작은 꽃을 건네는 나
또 그러한 꽃과 같은 미소를 지어 보이는 너

너의 기분을 책임지고
너의 마음속 편안히 깃드는 행동은
그저 나의 좋음이었다

감정을 표현하며 사랑할수록 닮아갔기에
떨어져 버린 지금
거울에 비친 나를 볼 때 너의 모습을 떠올린다

평범한 삶 중 행복이라는 말을 알려준 그대

이제는 그대를 생각할 때

항상 품 안에 지니던 행복 대신

미소 가득한 그대 모습 지니며

그리움뿐인 마음의 문을 연다

그대 내 곁에 남아주오

나의 옆이 싫은 것이 아니라면
그냥 무단히 내가 그대를 볼 수 있게만 해주오

나는 그대가 필요하오
그대 또한 감정의 고리 안에서 위안이 필요할 것이니
단단한 그대 마음
덧없이 흔들려 결국 내 옆에서 떠나지 말아주오

나를 잃을 그리움에 빠져들 그대여
이별이라는 관계의 끝에서 슬픔에 잠길 것만 같으시다면
무참히 무너질 공간으로 뛰어들지 말아주오

사랑한다는 거짓말과
다신 오지 못할 정답 사이에서 헤매지 말고
제발 어디 가지 말아주오

겨울

무서운 추위와 같이 무섭게 몰아치는 감정
어떠한 양보 없이 격하게 받아들여야 하는 슬픔이
나를 더 솔직하게 만든다

어떠한 잘못이 없어도
그저 사랑이라는 감정에 솔직해져 품은 너에게
무심과 같은 표현이 나를 더욱 떨게 만든다

봄
내가 원하는 계절이자
네가 바라보는 내 모습이 봄과 같길 바란다

따스한 마음을 지니고
따스한 햇살이 너에게 갈 수 있도록
나는 너에게 봄을 원한다

감기

갑자기 밀려오는 아픔이다
어떠한 예고 없이 들어왔다
소리 소문 없이 나가버리는 감정이다

괜찮아 보여도 괜찮지 않고
괜찮아진 듯 보여도 너무나 아파 어떤 행복도 찾지 못한다

괜찮아지려 발버둥 쳐 다른 감정을 메우려 해봐도
전부 울어 토해내 비워보려 해봐도
아픔의 정도가 너무 커 전혀 나아지지 않는 시간이다

겨울
처절하고 처량하게
내가 앓고 있는 아픔이다

철 지난 사랑

너를 생각하기에 떨리는 여림이다
너를 사랑하기에 보고 싶고 그저 생각나는 것이다
하얗게 핀 꽃을 안고 오직 한 개의 감정을 표현한다

작은 불꽃에 천천히 타 들어가는 마음
짙어지는 붉은 작은 실
바다 가득한 우주에 일렁이는 아지랑이

괜찮다고
참고 또 참아도
생각과는 반대로 솔직한 감정이 드러난다

보고 싶어 처절해지는
격한 그리움이다

나를 그리워해줘요

그대여
내가 없는 시간
항상 깊은 밤을 보내줘요

나와 함께 보낸 시간을 생각하고
나의 다정을 그리워하며
남아있지 않은 향기를 찾아 헤매었으면 해요

잔잔한 파도에 슬픈 바람 맞아
출렁이는 감정을 안으며
뿌옇게 가린 안개에 숨어
누구에게 들키지 않으려 홀로 울기도 하며
화려하지 않았지만
그저 예뻤던 우리를 그렸으면 해요

찬란한 그대 세상

타오르던 불꽃 끝

고요함 가득한

깊은 밤을 보내줘요

대설(大雪)

우리가 서로 미워하고 부정해도 결국 사랑이었다는 것을

끝나지 않을 한 편의 시가 마무리되었다
평범하지 않았기에 여리고
명확한 사랑이었기에 처연하다

봄과 같이 설레었고
여름과 같이 찬란하였으며
가을과 같이 포근하였지만
사계의 끝 겨울에는
다채롭게 칠해진 우리의 색을 덮은 하얀 눈에 의해
그저 처량하기만 하다

지우기 전에 쏟아진 눈에 의해
다시 꺼내어 볼 수 없는 계절

언제 사라질지 모르는 지금의 순간

잊지 않기 위해 다시 시를 써내려 간다

새로운 한 편의 문집

멈추지 않는 시간의 흐름에 다시 찾아올 봄에는

과연 너 또한 봄일까

흔적

너와의 사진을 많이 남긴 것이
이렇게 마음 아플 일이었다니

나를 바라보는 너의 표정이 예쁘고 귀여워서
너를 바라보는 나의 눈빛이 밝고 찬란해서
그런 모습만 가득하기에 담대히 견뎌내지 못하지

깨져버려 엎질러진 진한 향수 같다

물기가 남지 않게 닦아내어도
마른 바닥에서 계속 남아 올라오는 잔향 때문에
자꾸만 너와의 모습을 그린다

너를 한 번 더 보는 것이 행복일 거라 생각이 드는 이유가
뭘까

삶이 지금 힘든 것도 아닌데
그저 행복이라는 도피를 너로 정해 위안을 삼으려 하기에
나는 자꾸만 너를 보고 싶어 한다

이런 마음
깊숙한 곳에 담아 두어야 하는 것을 안다
우리가 우리를 위해 노력하지 않은 것이 아니니
어쩔 수 없다는 것도 안다

그러기에 그냥 보고 싶다
적어본다

그대여

그저 우리가 남과 다르면 어떨까
이대로 멈추고
다시 한번 안아보면 어떨까

지긋한 연민 버리고
찬란하지 않더라도
우리가 다시 여려 보면 어떨까

그때의 서로를 인정하고
지금의 서로를 이해하고
미래의 서로를 기대하며
깊게 생각하지 않아보면 어떨까

나의 바람에서

사라지지 않을 그대의 모습에 마음 아프지 말고

그리움에 다시 보며 살아가면 어떨까

잘못된 어떠한 것 없이

오늘은

이유가 필요한 밤이다

우리는 결국 만날 운명이었지만
이어질 인연이 아니었을 뿐

나는 그대가 보고 싶을 때 글을 써요
전하지 못할 말들을 하루의 일기처럼 적어 내려요
그대의 모습이 내 생각을 지배하면
아주 깊은 곳에서 울리는 시린 떨림으로
그대에 대한 아픔을 흘려보내지 않으려 목에 핏줄을 세
워 견뎌요

더 이상 말하지 않을게요
나의 사랑은 그대에게 무거운 현실을 바라보게 하니
당연하듯이 밀려나고 이해하는 척 받아들일게요

이제 견뎌야 하는 미련으로 내게 남은 감정은 사랑
그와 비례하는 아픔
하지만 그대는 아니라서 다행인

우리는 결국 만날 운명이었지만
이어질 인연이 아니었을 뿐

사계(四季)

흘러가는 시간에 유일하게 반복되는 것은 계절
그러한 삶 속 나는 어떤 사람일까
무엇을 하고, 어떤 생각을 가지고, 무슨 감정을 안고 있
을까

과거의 기억을 아쉬워하고 있을까
내일의 행복을 좇아 나아가고 있을까

여러 의문에 설렘보다는 걱정이 앞서지만
나는 잘 견뎌내어
흔들리지 않을 거고
무너지지 않을 거야

모두에게서 사랑받지 않아도
내가 미워하는 사람 없이

나의 사랑으로

모두의 외로움이 부재가 되어

사소함과 특별함이 되도록

봄, 여름, 가을, 겨울

긴 시간 속 어찌할 수 없는 것들에 어긋나고 깨져도

꿈을 꾸게 만든 수만 가지의 사랑을

우리의 더 많은 사랑을

지켜 낼 거야

사계

ⓒ 공희곤, 2024

초판 1쇄 발행 2024년 5월 17일

지은이   공희곤
펴낸이   이기봉
편집   좋은땅 편집팀
펴낸곳   도서출판 좋은땅
주소   서울특별시 마포구 양화로12길 26 지월드빌딩 (서교동 395-7)
전화   02)374-8616~7
팩스   02)374-8614
이메일   gworldbook@naver.com
홈페이지   www.g-world.co.kr

ISBN   979-11-388-3126-0 (03810)